COISAS QUE VIRAM OUTRAS

COISAS QUE VIRAM OUTRAS

Ninfa Parreiras

[com ilustrações de Elê Nogueira]

In Media Res

contos

- 2019 -

Capa e projeto gráfico: In Media Res Editora
Ilustrações: Elê Nogueira
Diagramação: In Media Res Editora
Revisão: In Media Res Editora

Dados Internacionais de Catalogação na Publicação (CIP)

P258c
Parreiras, Ninfa. Coisas que viram outras / Ninfa Parreiras
- 1ª edição – Nova Friburgo - RJ:
In Media Res, 2019
95 p.
ISBN: 978-85-94016-09-6

1. Literatura brasileira 2. Contos juvenis I. Título

CDU 82-3
CDD: B869.93

Educatoris Instituto de Educação Multidisciplinar Ltda
Rua Abdo Abi-Ramia, 81
28630-090 - Nova Friburgo – RJ
www.inmediares.com.br

Pra Miriam Ribeiro,
contadora de causos da serra e do mar.

PEDRAS SOBREPOSTAS

I - Tudo cerrado

Escrita de cinza
Na pedra, no cimento
Cerrada memória

Um fogão de lenha de paredes avermelhadas foi o papel onde ela escreveu as primeiras letras. Brincava de professora com as bonecas e a turma da rua. Enquanto a mãe banhava o fundo das panelas em riscos indecifráveis, ela experimentava a cinza molhada em figuras e letras. Por que aquela curiosidade com as palavras?

Com os sons trazidos pela brincadeira de juntar uma letra com a outra. Com a textura do resto de lenha. Por que escrever em paredes que estavam quase sempre aquecidas?

Aquele fogão era o tapete mágico pra escutar causos. Dali presenciava o fazer doces, o sapecar o frango, o transformar o leitão em comida que durava um mês. Lugar da fome e da satisfação, da água aquecida pro banho, do estalar da madeira, do ajuntamento das pessoas. O que fazer com as cinzas?

A casa era um livro de histórias: um entra e sai de gente com um dizer das colheitas, dos animais, das pessoas que partiam, das assombrações da roça.

Vinham queijos, roscas. Iam biscoitos, doces. O pai nasceu em uma fazenda na pequena Crucilândia e a mãe num sítio na Serra Azul. Foram morar na cidade e se conheceram. A vida rural os visitava com queixas, festejos, choros e carroças. Sua imaginação foi regada por aqueles falatórios e silêncios que atravessavam conversas sem rumo.

O pai lia pros sete filhos: sonetos, prosas, verbetes de dicionários e história do Brasil e do mundo. Em voz alta, chegavam notícias de jornal e textos do Antigo Testamento. Notícias do estio, da chuvarada. Ciclos que aconteciam em alternância, sem desastres. Parecia tudo encaixado em um jogo de matas tortas, terra batida e seca. A vida era plana embora houvesse tantos morros encerrados. O universo parecia funcionar bem, sem crimes ambientais nem notícias de bichos em extinção.

A mãe falava por gestos, piscar de olhos, franzir de testa, emudecer-se ao longo da tarde, proteger o fundo das panelas com a lama da lenha queimada. Sem perceber, a menina aprendia a linguagem dos sentimentos. E a cuidar das coisas e das pessoas.

A avó paterna adorava contar causos de gente aparecida e desaparecida. Alguém que voltava de outra vida. Almas aflitas e aparições. Coisas sem muito sentido, ora assustadoras, ora engraçadas.

A menina teve uma predileção por ler jornais que vinham embrulhando carnes, verduras, sapatos e objetos retornados das oficinas de consertos. Os impressos tinham serventia variada pra saber o que acontecia em outras terras. Quando ela já circulava pelas ruas da cidade, com mais de dez anos, frequentava a biblioteca pública e lia livros de autores brasileiros e traduzidos.

A ida à biblioteca era algo da mais alta importância. Uma conquista! Visitar o Sítio do Pica-pau Amarelo... Algumas professoras sugeriam autores. Férias era tempo pras longas leituras e pro caderno cheio de composições. Folheava os livros bonitos sobre a Amazônia, a Mata Atlântica, o Pantanal. Ela nem acreditava que aquilo existisse além das páginas.

O encantamento pelas palavras nasceu em casa. De certa feita, o pai pediu pra cerrar a porta. Perguntou se o armário estava cerrado. Outro dia, os levava pras matas do Cerrado, caminhadas com hora marcada pra fazer a merenda. O múltiplo sentido das palavras e das coisas ia abrindo seus olhos.

Descrições de lugares imaginados e de terras pisadas do Centro-oeste. Relatos de viagens que aconteciam sem sair de casa, bem perto do fogão pintado de vermelho, acontecidas com os falatórios da vó e da mãe. Textos de terras imaginadas. A escrita fingia a visita a um lugar nunca pisado. O mar distante daquelas terras!

Foi entender o Cerrado quando morou em areias banhadas pelo mar. A amplidão do horizonte, o vaie-vem das ondas e o não ver os morros — nem os planos cobertos de gramíneas, nem as plantas esturricadas — trouxeram os tantos sentidos deste bioma. Sentia falta do verde desbotado, dos arbustos de galhos retorcidos. E o ar seco? Os dias quentes, as noites frias.

Estalavam flores no inverno. Ipês banhados em ouro sorriam nos meses de agosto e setembro. Era a seca anunciando a colheita das pétalas douradas. De longe, o bordado amarelo cobria a terra esturricada. Era um milagre. E todo ano, ela se surpreendia. Nova cobertura barroca.

Uma aventura que não cabia dentro de si e saía do silêncio pro papel. Não se encantava pelas árvores numa primeira mirada. Aos poucos, descobria plantas tortas e caducas. E flores miúdas que se escondiam entre folhas carnudas e aveludadas. Espinhos, coquinhos, cascas, picotes. Mini abacaxis, frutas de um colorido e sabor sem igual: cagaita, pequi, araticum, gabiroba, buriti, mangaba. Guardar aquilo era a garantia de manter a mata pertinho. Espremer o suco e fazer picolés com raspas de coco da macaubeira. Era uma delícia ácida e perfumada.

Gostava de chupar o coquinho, a polpa escorregadia, de cheiro forte. Lá bem dentro, uma castanha minúscula e branca. Dura de quebrar, dura de comer. Cada fruta tinha sua casa. E aquela mata estava protegida pra durar o sempre.

O pequi, com seus espinhos traiçoeiros, era arcaico. Vinha guardado em uma espécie de caixa que trazia quatro frutos. Ela gostava de ver o pai quebrando aquela preciosidade e apresentando a colheita. Ele falava das propriedades das frutas, das raízes, das folhas. Estudava, lia, anotava, passava a limpo. E fazia garrafadas e poções milagrosas pra umas doenças estranhas: gota, bonitinho, reumatismo, nó nas tripas, pereba. Tinha enfermidade do coração, dos olhos, do pulmão, das pernas. Da cabeça e dos nervos. E pra curar, um punhado de plantas. O Cerrado era uma farmácia a céu aberto.

Nem todo mundo gostava de abrir um jatobá por causa do cheiro forte. Isso tudo chegava com o odor do mato floral. A menina pisava os campos, e os ruídos das folhas chacoalhavam no solo duro. Folha amarelada, roxinha, trincada, miúda. Era uma massagem pros pés descalços.

Houve uma época em que os caçadores subiam nos morros e retornavam com uma caça pro almoço: um tatu, um tamanduá, uma capivara. E ainda os pássaros. O povo comia e não escutava falar em ameaça pro planeta. Os dias e as noites se entrelaçavam de matos, e a vida acontecia sem muitas variações.

Havia os bichos mais ferozes: onça-pintada, lobo-guará, veado-mateiro, porco-espinho, raposa-do-campo. Uma enciclopédia que foi desaparecendo.

Ninguém se atrevia a enfrentar aqueles animais. Acreditava-se em tudo o que se ouvia dos caçadores e mateiros.

A vida engoliu uma parte da história: a aceleração do desenvolvimento e o mercado exacerbado valorizam o novo e o limpo. Onde foi que se perdeu a meada? Milhares de árvores derrubadas! E as nascentes de rios ameaçadas! Como acontece tanto fogo nas encostas? A história mudou de rumo.

Cada um, no seu miúdo espaço, é guardião da Terra. Escrever é resistir. Dar nova forma ao resto: o que não serve vira outra coisa. Transformar o desprezado em matéria orgânica. Fazer da terra uma folha de papel: dar vida ao solo, dar vida às palavras. Ao Cerrado.

II - Tamancos de lata

Sardinhas saboreavam
Com massa de tomate
E doce em lata

Em lata. Nos dias sem carne, chegavam as sardinhas. Um hábito aprendido com a mãe. Que aprendeu com a avó. Que aprendeu com a bisa. Que aprendeu com alguém do outro lado do Oceano, onde se comiam sardinhas frescas. Na ausência da carne vermelha, os pescados.

Na casa da menina também usavam latas de massa de tomate pra pintar a comida de vermelho. O arroz pálido afogado em sangrenta cor. Ganhava sabor e atraía o olho da família. O chuchu perdia o esverdeado.

Latas de marmelada adocicavam os dias amarelentos. Chuvosos, apagados de luz. Cheios de barulho d'água caída do céu.

Ao abrir a lata de marmelada, a mãe apoiava os braços na mesa e suspirava. Que pensava? Nos tachos de doce de frutas da fazenda? Chegava um movimento ruidoso: croc, croc, croc. O círculo gelatinoso de cor amarronzada brilhava junto aos olhos cor de árvore daquela senhora. A filha contava as lágrimas que escorriam e acompanhava o movimento da mãe de secar o rosto com a ponta do avental, que anunciava em letras gastas e carcomidas: CO_EIRA. Aí, tentava adivinhar que letra faltava e o que completaria: coleira, copeira, coceira. E brincava de criar palavras: *coteira*, *cofeira*... Que avental a mãe usava assim escrito com letra que faltava? Dava pra ler? Por que derramava lágrimas ao abrir a lata do doce? Perguntas que não se calavam.

No dia de abrir a lata de sardinhas, a mãe cozinhava a mandioca cultivada no quintal. Seus dedos se untavam com o óleo e não deixavam desperdício. Era um almoço sem carne, untado com o óleo do pescado repartido entre os irmãos e os pais. Pra completar, couve picadinha em fios finos e ainda um angu sem sal.

Ao abrir a lata de massa de tomate, costumava usar os dedos indicadores que, vez ou outra, se machucavam com o corte. Ela lavava a ferida n'água corrente, olhava pra fora da janela e espiava o mundo do quintal. Era maior que o mundo das latas, com os filhos mais os inventos que faziam: vidros da farmacinha, bois de manga verde, pião, papagaio de papel. O dedo dela se pintava da mesma cor da massa de tomate. Eram cicatrizes do ofício de cozinheira, jardineira, lavadeira. Mãos rugosas e calejadas.

Pra cada movimento dos seus braços, a menina suspeitava a comida feita: ora com alegria e entusiasmo, uma macarronada com molho de massa de tomate. Ora com lágrimas, a sobremesa de marmelada casada com um pedaço de queijo branco cheio d'água a sair pelos furinhos. Ora com devoção nos dias sem a carne.

As latas vazias permaneciam solitárias num quartinho do quintal. Passavam as tardes do recolhimento das galinhas. Passavam as madrugadas anunciadas pelo galo. Quando o pai voltava do trabalho, descansava, limpando e arrumando as latas. E toda a quinquilharia que juntavam: velocípede enferrujado, fogão desbotado de três bocas, ferro elétrico sem fio... Com um martelo, um alicate e outras ferramentas, o pai transformava a lata em um tamanco: *o pé-de-lata*. Seus polegares ganhavam uma coloração enferrujada, e a pele lustrada ficava encerada de vermelho.

Lata a lata, o homem aparava os dentes, furava, atravessava o barbante. Entre um furo e outro, um gole de café, um espirro. Não se entendia tanto silêncio de uma vez. Por que o pai falava quase nada? Tossia, pigarreava. Olhava pro longe e não dizia palavra. Os gestos eram firmes e garantiam mais um par de tamancos de lata.

Os irmãos ganhavam pés ovais, redondos, retangulares. Ganhavam o mundo com os tamancos de lata. Troc troc troc troc... Se sentiam crescidos, esticados alcançando outros lugares: o dos telhados, o das grimpas das árvores, o do sótão, o pé de mato.

Elê Nogueira.

Avistavam tudo maior, de cima, com uma velocidade boa de acompanhar o caminho das formigas e das lagartas. Equilibravam-se, tonteavam o corpo, suavam. E subiam de novo nos tamancos de lata. Splesh! Splesh! Splesh!

Brincavam de perna de pau. No alto da montanha, viam o mundo lá de cima. Tudo ficava pequenino: bois, cabras, capim, pastos, estradas, córregos. A casa da vó encolhia de tamanho. A escola virava uma caixinha de fósforos. E o curral, então? Um esconderijo de formigas malhadas.

As dores também ficavam pequenas: a queda do cavalo, o tropeção numa pedra, o arranhado na cerca farpada, a verruga do joelho. Os sustos desapareciam. As crianças ficavam com o coração de batuque. Toin, toin, toin...

Andar no pé-de-lata era subir pro terceiro andar do quintal. Ganhar vista, coragem de crescer. Troc, troc, troc, troc...

O pé-de-marmelada recebia os dedos abertos, num conforto de se deitar numa banheira redonda. Era um tamanco que os deixava soltos, escorregadios. Deslizavam por doces açucarados, por quintais de frutas. A menina gostava de pintar as unhas dos pés e apreciar aquele colorido quando usava os tamancos feitos de latas de marmelada. Dedos esticadinhos e bonitos.

O pé-de-sardinha apertava os dedos em um sapato ortopédico. Seguiam firmes, pra frente, equilibravam os sonhos de pisar o mar. Como andavam as sardinhas? Nadariam em bandos? Ou solitárias? Seriam presas de tubarões?

O pé-de-massa-de-tomate dava mais altura, tirava o conforto e trazia um ar de satisfação ao escorregar o corpo. Aquele molho era mesmo de tomate? A criançada amarrava o barbante, consertava os altos tamancos e ia à conquista de aventuras.

Brincavam entre irmãos, com os primos, os vizinhos. O pai tratava de arrancar as tampas, aparar as beiradas, fazer os furinhos. Providenciava um barbante que desse conta dos pulos, quedas e brincadeiras. Ele agradava de todos os modos e continuava trancado na fala.

As latas calçavam as travessuras. Levavam as crianças aonde quisessem ir. Traziam descobertas, notícias, histórias pra contar. Latas do tamanho do mundo.

Eles pisavam no redondo
No mais alto, subiam
Pairavam, nas latas, os sonhos

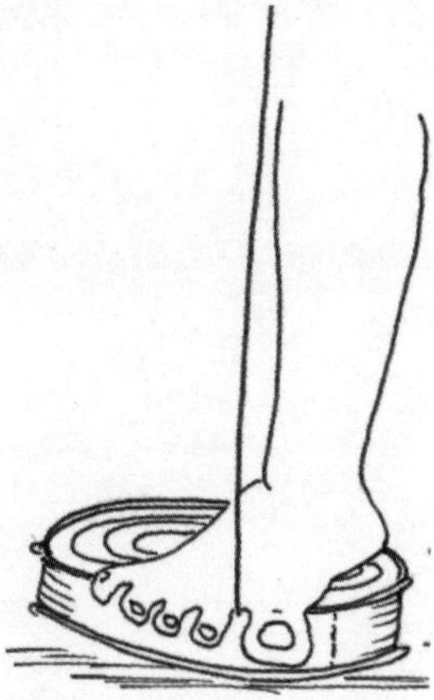

III - Laboratório de papel

Das páginas, voam insetos
Sobrevoam guisados
Gabirobas e pitangas

O quintal era de um tamanho sem palavras. Nele moravam o pomar, a horta, o galinheiro e os cipós enlaçados. O que as pedras soltas faziam ali?

Coisas antigas, outras estragadas eram as tralhas de um casal mais os filhos. Pra onde levar as coisas que alimentam os sonhos? No fundo da casa, no Laboratório. Cercas baixas e transparentes os separavam do vasto mundo, os vizinhos.

As estações eram tantas: a das águas, a da seca, a da geada, a da poeira, a das queimadas, a da chegada e a da partida do trem. E a estação de cada fruta.

Tudo era grande e simples. Árvores altas, caminho longo de subida até o topo. O caminho de volta era desconhecido. As coisas depositadas no quintal e a facilidade de transformar aquilo em brincadeiras.

O ferro-velho da cidade recebia objetos de alumínio e metal. Os meninos grandes faziam um escambo: ganhavam rodas pro carrinho de rolimã e levavam coisas sem uso.

O pai preparava umas garrafas fitoterápicas e

reaproveitava vidros. Alguns iam pro Laboratório.

Talco e loção de cheiro eram agregados àquele canto mágico. O espaço das experiências. O mexer com as coisas, a alquimia da própria vida.

A meninada se vestia de branco, com camisas dos adultos. Capturava insetos insones, os dissecava, os cortava em pedaços. Ao final do dia, o encardido tomava conta dos jalecos inventados. Até passarinhos presos por uma arapuca podiam virar uma refeição. Ora doutores, ora cozinheiros. Ora mestres em alguma arte. Fantasias de meninas e meninos.

O mundo era de papel. Vez ou outra, uma lata, um vidro. Pouco havia plástico. As pessoas aproveitavam as coisas até virarem outras. Um bolo de papel molhado moldava bonecos. De noite, ia ter história com o povo criado.

Papéis viravam cartazes, afixados de fora da casa pra anunciar a vendinha de goiabas, pitangas, gabirobas, cagaitas, ameixas, limas, pêssegos, peras... As árvores e os cantos do quintal eram marcados por um desenho, que chamava os da vizinhança.

Havia papel que servia pra chama. Fogo de aquecer os guisados. A cinza dava um barro pra escrever em superfícies lisas na parede e no piso. As crianças aprendiam a desenhar as letras antes de ir à escola. Copiavam de livros e de jornais. Um ensinava ao outro. De cor, o alfabeto entrava pra sempre no quintal.

Faziam os guisados sobre pedras. Em latas surgiam

comidas assadas e fritas, a verdura azedinha com temperos da horta. Uns tomates tipo cereja e mais o que era doado da cozinha pela mãe: azeite, queijo, rapadura.

Bom era fazer Q-suco e mexer com um pedaço de galho. Um arco-íris de refrescos. Tocar e brincar em água, fogo, terra, sal, coisas velhas, minhocas, lagartos, sapos e outros bichos.

Houve dia de explosão, com a mistura dos conteúdos dos vidros. Saiu uma fumaça podre! Um sem fim de descobertas... Era um exercício incansável o trabalho no Laboratório. O canto pra imaginação correr solta: esfregar uma pedra na outra faiscava. Carvão depositado nas raízes das laranjeiras dava fruta doce. Poções e porções de contentamento.

Abriam pequenos bichos e viam como eram por dentro. Os adolescentes desmanchavam rádio, lanterna. Puxavam fios, trocavam com os de outros aparelhos. Uma mistura de uma coisa com outra. O sol era o limite do Laboratório. Nascia o dia, eles abriam as portas até o poente. Quem estudava de tarde, tinha plantão de manhã. E vice-versa. Aquele canto não ficava abandonado.

Em noite sem luz, improvisavam o Laboratório de emergência no alpendre. Estrelas os guiavam na caça aos pirilampos, grilos, tanajuras, bruxas. Louva-a-deus pra quem encontrasse uma centopeia. O trabalho do dia seguinte estava garantido. A chuva trazia lesmas, pedras polidas e areia grossa que virava recheio do jogo *Cinco Marias*. E ainda a água gotejada nas beiras do telhado vinda do céu abençoava os insetos.

Isso vive em imagens coladas na folha das memórias. Chega com cheiro, choro, raiva, riso, sabor, soluço, paixão. No Laboratório de papel, cabe o mundo da vida daquela família.

Elé Nogueira

EM CENA

IV- Pelo alto-falante

Passeio de charrete
Matutos nas estradas
Requit, requit, requit...

Bem no meio do caminho... Quando a gente tinha vontade de parar, e o cansaço aguardava um pão de queijo, o sono me acordava pra ver o presépio barroco. Eu escutava o plac-plec, plac-plec, plac-plec dos cavalos.

No meio do caminho, entre a cidade onde moro e a cidade da minha vó. Tiradentes fica entre uma e outra.

A gente passava por pequenas fazendas, plantações e criações de animais. O cheiro do estrume se misturava ao cheiro do queijo fresco e fazia tudo uma parada rural. Lembro-me de tapetes e colchas colorindo a estrada, com tramas das tecelãs. Eram feitas com linhas rústicas. Ora com retalhos de panos estampados, ora com uma linha crua. Eu olhava aquilo e pensava nos legos, nos jogos de montar e num caleidoscópio que foi do meu tio. Pedaços de cores pra desenhar um monte de coisas.

A gente atravessava uma mata de Cerrado, sem

muitas vilas. Curvas atrás de curvas iam mostrando árvores corcundas, tortinhas. Desfilavam ipês, goiabeiras, jequitibás, angicos e outras. Espinhos e feridas. Algumas tombadas, carregadas de pássaros e frutos: jatobá, coquinho, siriguela. O ruído era seco e fechado, guardado pela poeira e matutos que atravessavam as estradas. Um reco-reco abafado: requit, requit, requit...

A chegada das montanhas, o ar seco invadindo o peito de todos. Muitas carretas pela estrada. E mais postos de gasolina que eu e meus irmãos gostávamos de contar. A mana anotava placas, frases de pára-choque, as marcas dos carros.

O limite era a parte mais esperada. Entre o estado do Rio de Janeiro e o de Minas Gerais, marcado por um rio, uma ponte e uma placa. O rio Paraibuna faz a divisa com suas águas turvas.

Minhas lembranças chegam misturadas às falas dos meus irmãos. Andei a cavalo, pela primeira vez, ali. Adorava o passeio de charrete. A luz do dia na praça me fazia cerrar os olhos. O sol refletia a resistência das pedras. Apontava pro sino ecoando da igreja: dim dom, dim dom, dim dom...

Lembro-me de um alto-falante que dava recados:

— *A família da Senhora Sebastiana Saldanha da Mata comunica o seu falecimento e convida para o enterro às cinco da tarde.*

— Atenção! Perdido um celular na igreja do Rosário, e ainda documentos e uns trocados. Favor devolver na Casa Paroquial para a Sãozinha.

— Hoje é dia das barracas populares. Vai ter sorteio de doces.

— O filho menor do Senhor Waldemar Leão precisa de Sangue O Positivo. Quem puder doar, procurar a Claudete, na Casa de Saúde.

— Precisa-se de balconista na Loja dos Inconfidentes, favor procurar o Senhor Goularte Gusmão.

— A Igreja Nossa Senhora das Mercês dos Pretos Crioulos precisa de voluntários para limparem o pátio de fora.

— Deixaram um guarda-chuva na charrete do Seu Chiquito da Faustina. Procurar no Largo das Forras.

— Sumiu um menino de 4 anos, o Daniel. Está vestindo uma camisa azul e uma bermuda de estampas. Seus pais o aguardam na Antiga Cadeia.

— O Senhor Aparecido Soares Dantas achou uma bengala com o cabo de cara de bicho. Está à disposição na residência da família Soares Dantas.

— No Largo das Forras, há um cão perdido, de coleira e guia. Um filhote de Labrador. Está amarrado próximo ao monumento dedicado ao Alferes Tiradentes.

Que era aquilo? Era uma novidade pros meus ouvidos de menino. A vida das pessoas era ecoada aos quatro ventos: os objetos perdidos, as necessidades, o serviço de meteorologia, os avisos fúnebres... Ia tudo pelo alto-falante. Os nomes completos e inteiros. Eram mais que avisos de estação rodoviária ou de aeroporto. Mais que pequenos anúncios. Eram causos da rua.

Histórias curtas que contavam as perdas, os achados, os necessitados. Gostava de ficar repetindo aquelas falas pra mim. Ecoavam, longe, quando eu estava na sala de aula, ou andava de bicicleta. Umas coisas tristes. Dim dom, dim dom, dim dom...

As lavadeiras usavam as pedras pra bater e espremer as roupas. Era uma água que fazia fartura. As trouxas eram carregadas em bacias enormes de cobre. Elas equilibravam a bacia na cabeça. Iam driblando as pontas das pedras pela trilha que chegava ao rio. Um dia após o outro.

Lembro-me também do Chafariz de São José, onde a gente se refrescava. Tapeava o choro, misturando a água aos olhos molhados. Sei que foi construído em 1749 e é considerado o mais belo do Brasil. Foi programado pra ter diferentes funções: na parte da frente, abastecer com água potável a cidade. No lado direito, servia como suporte pras lavadeiras e do outro lado, à esquerda, servia de bebedouro aos animais. A sua fachada guarda uma rara imagem de um Brasão de armas do Reino. Dizem que basta você beber um gole daquela água cristalina e novamente vai retornar à cidade.

Volta e meia, passamos por Tiradentes, me despeço daquela voz de senhora que anuncia, como se fosse a última vez. Mas não. Ela resiste à distância e às perdas. Fica lá nos esperando. Visitamos de novo a Casa do Padre Toledo, que sediou a primeira reunião dos inconfidentes em 1788. Pra chegarem lá, havia uma passagem secreta pelo subsolo. Ninguém podia vê-los. Os conjurados tramaram os primeiros ideais de libertar o Brasil de Portugal. Não me canso de olhar as pinturas e os entalhes do teto dos cômodos da Casa e descobrir mais da história.

A cidade de Tiradentes vem associada ao meu vô. Ele nunca foi lá, mas foi embora justamente numa daquelas paradas que fizemos. A família mandou anunciar na rádio e no alto-falante público, que precisava falar com minha mãe. Só faltava ela saber da notícia e ir depressa pra onde estavam a vó, os tios, os primos... Mas a mãe não ouviu, nem eu. Nem queríamos ouvir, tínhamos ido pro passeio da Maria Fumaça até São João Del Rey.

Cruzamos a Serra de São José, encantados pelos morros e ondas do Rio das Mortes. Ficamos lá por São João passeando. A fumaça escureceu tudo: nossos olhos, ouvidos, nariz, boca. O vô foi embora e a fumaceira nos cobriu de cegueira surda. Ficamos pelo avesso. Roupas amassadas nas mãos das lavadeiras do Rio das Mortes.

Depois foram muitas viagens sem descer ali. Acho que a mãe mudou o itinerário. Sem passeios de cavalo e de charrete. Não comprava os doces da terra; nem enchia as sacolas de artesanatos. Não fotografava os sobrados. Nem ouvia a música sacra. Nem queijo havia mais. Nem eu sabia dos sinos.

Dim dom, dim dom, dim dom... Hoje, paramos pro lanche, um passeio de charrete, até pro pouso de descanso. Além de ouvir os causos da cidade, fico me perguntando:

— E o vô?

Elé Nogueira

V - A cidade em cena

No Encantado
Foi-se no Jornal do Brasil
De pesadas cargas

Seu Charreteiro se encantou nas águas do Rio Faria. Podia ser uma manchete. Foi-se no *Jornal do Brasil*. Nos idos anos velhos, o carioca lia o diário sentado enquanto o café descia pela goela. Ou de pé, esticado em continência, de frente pra uma banca. Onde ver as manchetes no *O Dia*, no *Extra*? *O Globo* está encolhendo de tamanho, o biscoito permanece o mesmo.

Límpidas foram as águas daquele Rio. Antes mesmo das Olimpíadas de 2016. Depois daquela chuvarada, ganharam barro e quase desapareceram. Encantado ficou o bairro.

Hoje as charretes circulam nas bordas dos subúrbios. Levam cargas cansadas, entulhos sonolentos, pequenos animais. Uma casa inteira de Muda. Pra Santa Cruz, Paciência, sem pressa de chegar rápido no motor. A cidade se estica nas margens sem nome. Onde as casas crescem em linhas tortas e verticais. Linguajar sem registro, gente de tudo que é jeito, biroscas, puxadinhos e improvisos. Rodas de samba, bailes de charme, churrasco na laje, pagodinho, baile funk e rap.

Clara morava no Encantado. Na volta da escola, a pé, tocava os olhos pelas calçadas, becos, vielas, pracinhas. Via aglomerada de abandonos. Colchões debaixo dos viadutos. Residiam ali ou as pessoas foram esquecidas? Como que podia alguém dormir num troço daqueles, com furos, encardido e tudo puído?! E ainda a mola pulando pra fora, gritando qualquer lorota.

A estudante foi ganhando morros e alcançando os esticados da cidade: outros bairros, as praias distantes, as estações do trem. Ao cruzar um rio, se perdeu nas águas coloridas de borra de café. Que catinga! Nada atrapalhava seu sonho de ser professora. Ela ia ensinar os alunos a gostarem do lugar onde vivem. Os mistérios do bairro, das ruas, das praças superpovoadas.

Estudar no Instituto de Educação Carmela Dutra, usar o uniforme de normalista, planos pra trabalhar numa escola. Ainda tinha que aguentar o falatório do irmão mais velho. *De que era melhor abandonar os estudos e ser vendedora. De que professora não ganhava dinheiro. De que levar a vida sem complicações era melhor!* De que vale a vida?

O modo de viver das gentes e dos lugares trazia

o desejo de ensinar. Falar da cidade, seus avessos, aves, travessas. Travessuras de sala de aula.

Não tardou muito e Clara se deslocava sozinha, vestia a saia plissada, meias cobrindo metade das pernas e sapatos engraxados. Sim, ia ser *prô-fês-sô-rá*!

O tempo voou mais rápido que uma viagem de trem da Supervia até a Central. Clara foi dar aulas em um canto de Bangu. Seu dia acordava junto com as manhãs anunciadas por galos. Tomava van, trem e ônibus. A cidade era engolida pelos pontos que traziam ambulantes, pessoas suadas de pouca roupa.

Em minutos, a areia deslizava pelo piso alumiado do vagão. Gente apregoando capas de celular, chips, cartões telefônicos, bebidas, salgadinhos. Homens pregando a Bíblia, sacudindo os braços. Outros entravam cantando, ajoelhavam-se, um ato dramático. A cidade em cena, todo dia.

De suas mãos, minando água, brotavam pensamentos que iam das provas pra corrigir, ao olhar de cada aluno ávido por história. Qual seria a surpresa de hoje? Ela tinha introduzido uma leitura a cada início de aula. Podia ser um poema, um dito popular, um conto, uma crônica de jornal ou uma postagem de internet.

Pelo trem, passavam produtos à venda, bicicletas saradas, mochilas desbotadas, tênis brilhando de novinhos, botas, chinelos e até pés descalços, untados de sujeira. Saia longa, saia recortada, saia justa, saia amarrotada. Short, bermuda, calça comprida, terno-com-gravata. E vestido, e canga. Bata, túnica, uniforme. De óculos, de bigode, de peruca. Se deslocando, indo trabalhar, jogar bola, mudar de vida. Uns que iam se divertir. Iam desfazer casamento, iam orar. Outros que iam pedir emprego. Iam nadar, iam furar onda. Furar fila.

O remelexo do trem a deslocava pra outros cantos, histórias geladas, caminhos ajardinados. Volta e meia, ela estava no sacolejo calorento e via o Rio de Janeiro com seus tipos e modos que se mexem, gesticulam, falam chiado e cantam. De fora, a paisagem das casas, sobrados, ladeiras, favelas, elevados, crianças brincando. A cidade a se movimentar.

De dentro, a paisagem viva. Com voz, cheiro, sabor e tempero carioca. A cidade em cena:

— Água um real. Três água dois real!

— Compra quatro caneta e leva uma de graça!

— Ó, o mati gelado! Ó, o mati!

— Leva a brisa, ganha o céu pintado de sol.

Clara levou. Canetas pra sonhar aulas. Pra rabiscar histórias. O Encantado.

VI - De azulejos e guaraná

Em mosaicos
Espocam azulejados
Azuis guirlandas

Azulados, com desenhos de mosaicos, de flores, de guirlandas, de mandalas. De muitas cores. Nas casas, nas escadarias, nas igrejas, nos casarões. Placas feitas de azulejos, bandejas, escritos azulejados... pra cá e pra lá. De lado, de frente.

A mãe e o menino foram passar as férias no Maranhão. Lá em cima no Brasil, onde acontecem as festas do Bumba-meu-boi. Ficaram em São Luís, na casa de uma amiga. Eles subiam e desciam as ruas cheias de antigos casarões. Gostavam de contar quantas janelas coloridas iam vendo. Com isso, já tinham ido pra mais de trinta. Iam contando as coisas que viam, nunca passava dos cento.

Também contavam os azulejos das casas, das paredes, das escadas. Eram antigos, alguns de mais de trezentos anos atrás. Já pensou? Escutaram alguém dizendo que eram portugueses. Tinha gente que falava que São Luís trazia na sua arquitetura um pedaço da Terrinha. Ou então que Portugal tinha seu lugar garantido na capital maranhense. Um e outro, outro e um, que nem um azulejo grudado na parede.

Arquitetura... palavras de tantas sílabas quanto casas, ruas, escadas e outras construções da cidade. Cada azulejo era um quadro, uma coisa pra ficar olhando e observando. Uma coisa pra levar de recordação, um segredo.

Um guaraná doce, cheio de bolinhas de gás, cor-de-rosa. Guaraná Jesus. Quando terminavam os passeios pelo centro histórico, Menino ganhava a bebida gelada. Valia a pena caminhar pra tomar aquele refrigerante cor de pétala de rosa. Ele ia imaginando uma rosa se diluindo.

Com tanta coisa diferente pra conhecer e ver, ele se encantou mesmo pelo guaraná! Será por que tinha aquele nome? Seria o nome do inventor da bebida?

Diziam que vendia mais que qualquer outro refrigerante. Era o sonho cor-de-rosa das crianças e dos jovens. Além de ter aquela cor, tinha um gosto de canela. E matava a sede. O menino chegou a pensar que o guaraná era feito de goma de mascar. De cor e cheiro doce de chiclete quadradinho. Quantos chicletes pra um copo de guaraná?

Grande alegria foi levar umas garrafas daquele guaraná pros colegas. Ninguém falava mais de outra coisa, senão que o guaraná vinha lá do Maranhão, que era feito de canela, que era o sonho das pessoas. E com o guaraná vinham causos e coisas. Ladeiras, casarões, azulejos, mar e rio...

Ah! Tinha ainda a lenda de uma serpente que dormia

embaixo de todos os azulejos. Ela era a guardiã da cidade. Recomendaram não dar as costas pra Fonte do Ribeirão. Lá vive a cobra gigantesca, dormindo e crescendo. De tão grande, ocupa todo o centro histórico.

A barriga do monstro é da altura da Igreja do Carmo, a cauda chega até a Igreja de São Pantaleão. E a bocarra repousa sob a Fonte do Ribeirão, prestes a abocanhar quem fica de costas.

E tinha o Rio Anil lambendo a cidade, competindo com o mar. Muitas histórias pra contar!

Menino não parava de pensar nos azulejos, lembranças do Maranhão que carregava junto com ele. Segredos que queria compartilhar com os amigos. De azulejos e guaraná, assim eram feitas suas lembranças e seus sonhos.

NOSSO TIPO

VII - O Cajado na gaveta

Os esquecidos
E os lembrados
Na gaveta, adormecidos

O jovem, uma vez. E o lugar que ele mais gostava. Muitas coisas na cabeça. E nas vistas. Mapas espalhados pelas mãos e braços de estradas tortas.

Coisas pra pensar. Os esquecidos e os lembrados. As datas e as contas.

Coisas pra esperar. O café da manhã. A janta de hoje.

Coisas pra encomendar. Comida e notícia de jornal.

Coisas pra receber. Roupa lavada. Seca ao sol.

Coisas pra dar. Histórias. Fotografadas no embaçado das horas.

Coisas pra ver. O colorido do lugar.

O penhasco era o mercado das trocas. Imagens pra comprar. Outras pra vender. E conhecer. Os novos e usados das coisas que iam ficando e se transformando.

Era a praça, a escola, a parada, a competição, a sala vazia, o guarda-roupa lotado de calças e camisas sem lugar pra ir, as bolinhas de gude lascadas, as cordas do violino.

As coisas estavam esperando a visita dos dias. O gosto das frutas. A chuva ensopando o terno. As moças que conheceu. Os meninos com quem brincava. *Bola pra lá e pra cá*. O joelho no esfolado. A perda do primeiro dente de leite. Noites mal sonhadas. Dias distraídos. A chegada dos filhos. O dinheiro no colchão. A partida da mulher. A enchente. O sermão do pai.

O penhasco ficava à espera da luz do dia, do véu da noite. Ele avistava as lágrimas enrugadas no ensolarado distante. Avistava a dor e a falta que rasgavam as memórias do homem. Por onde andava a mulher dele? E os filhos e os netos? E os parentes e os vizinhos? Ali era o abrigo. Era a cama, o berço, o colo, a barriga da mãe.

Ele recebia a visita de aves, roedores, bichos rastejantes. As folhas despetaladas combinavam com a revoada de pássaros. O espelho simulado do oceano mudava a textura, o cheiro, o balançar. Era um ensaio apresentado todos os dias. Ninguém ficava sozinho. Nada estava só. Mesmo sem plateia, o espetáculo se repetia, um dia depois do outro.

Era tudo um quadro de plantas e outros bichos mais. E chuva, vento, tempestade, luto, festas e viagens. Acontecidas e pra acontecer.

O penhasco recebia as lambidas das ondas e o colorido molhado. Esmeralda. Turquesa. Verde-água.

Verde-limão. Celeste. Isso era surpreendente. O mar se fazia ora lilás, ora aveludado. Era a caixa de lápis de cor. Seis lápis que guardavam centenas de outros.

O mar reluzia um vidro limpo e lustrado, com peixes e tartarugas. Mergulhos, brincadeiras, arribações, mentiras e coragens. O aquário da vida.

Quem abria e fechava o penhasco era o Velho. O palco anunciava a beleza pelas manhãs e a recolhida no final da tarde. Cravada em porta-retrato da formatura, com beca e canudo. O Velho se formou em contabilidade. Sabia contar histórias e contabilizar gastos, receitas. Créditos dos amores vividos e débitos das paixões perdidas. Um saldo de ilusões.

Um pedaço de lenha calejada pelo peso da trilha acompanhava aquele homem. O cajado sabia cada passo, cada pedra e cada poeira. Ele guardava os esconderijos. Os segredos e os buracos da estrada.

O cajado sabia que dois pássaros não podem voar com as asas amarradas. Nenhum dos dois voa, nem os dois voam juntos. Pra voar é preciso ter asas livres. É preciso ser. Só.

Dois peixes não nadam com as nadadeiras coladas. Cada um precisa das suas nadadeiras pra percorrer o fundo do oceano.

Um bicho come o outro pra matar a fome. Uma fêmea defende a vida dos filhotes, com bico, unhas, dentes, garras. Ela precisa dos filhotes. Eles precisam da mãe. O cajado sabia tanto.

Teve o dia em que ele ficou guardado, não foi aberto nem fechado. Ficou na gaveta trancada. Aquela que a gente perde a chave, mas sabe as belezas que esconde. O cajado não veio. Nem foi. As histórias da adolescência não foram contadas. A tremura das mãos não tocou os troncos das árvores. O penhasco ficou aguardando o curso da vida. A ilha ficou órfã.

Contam que o Velho não precisava mais abrir as manhãs, o penhasco era ele. Um sábio da terra e do oceano. Dos ventos, do que foi, do que pode ser. O sábio das histórias. O Velho do penhasco.

elé nogueira

VIII - O catireiro

Troca, troca
Vai, bicicleta, vem, baú
Sai, relógio, entra, livro
Vai, rádio, vem, violão
Sai, lanterna, apaga, então
Troca, troca
Catira, tira, catira

Era um homem cheio de coisas na cabeça. De troços e trocas. História vai, coisa vem. Coisa sai, entra negócio. Negócio vira história.

O homem tinha uma casa que um dia foi um carro. Que um dia foi uma vaca. Que um dia foi um terreno. Que um dia foi um bode. Que um dia foi um velocípede. Que um dia foi uma boneca. Que um dia foi... Ah! Os dias podiam tudo e traziam novidades e levavam velharias.

Não havia tempo ruim. Trocar era seu ofício e ele não se apegava às coisas. Sabia o valor de cada uma, facilitava as negociações.

De uma feita, recebeu um baú. Veio cheio de quinquilharias. Foi uma bicicleta em troca. Com garupa e farol. Ela tinha servido pra percorrer terrenos baldios e fuçar as tralhas despejadas fora das casas. Ir às pescarias, às partidas de futebol, aos casamentos, às padarias, às lojas de anzol, às danças de congado, às compras de jumentos...

Agora era a vez do baú sem rodas. Na entrada da casa, dentro dele, morava o mundo. Forrado com couro escuro e arranhado de tantas mudanças. Chegou uma balança de açougue, uma lanterna sem pilhas, um banco desmontável, um terno de linho e miudezas. Uma máquina de costura.

Coisas que as crianças da casa ao lado gostavam de mexer: pregos, medalhas, botões, caixinhas, vidros, correntes. E mais outras: ferramentas, fantasias, elepês, pilão, peruca, potes.

Foi a bicicleta... Veio o baú. Precisava de uma bicicleta maior e, a qualquer hora, ia aparecer.

Sua magrela conduzia e transportava. Ia de um lugar a outro se aventurando a procurar trecos. Sobre duas rodas, ela ia além dos muros da rua, do bairro, da cidade. Era a extensão de um corpo à cata de descobertas.

Encontrava a namorada da vila distante. Participava de torneios esportivos no clube do campo. Ia a lugares conhecidos que o pai lhe apresentou um dia: o ferro velho, a oficina mecânica, o almoxarifado da fábrica de tecidos, a loja de ferragens, o barraco do Seu Guardador.

Como gostava da namorada que morava longe! Ele se dava com a família dela. Os pais, os irmãos e a avó. Recebia agrados e era querido. Um dia, ela se foi. Ficou com uma grave doença pra tratar na capital.

Daquelas enfermidades que a pessoa precisa tirar licença dos afazeres e viver por conta delas.

Aquela bicicleta o levou também a reuniões de turma de escola, quando dava carona pra duas pessoas. Iam espremidos um no outro e tudo era divertido. Um dia, os três amontoados no chão. Ficaram sem a festa junina. Esfolados, com arranhões, e um colega perdeu um dente. Foi todo mundo pra emergência da casa de saúde.

Outra coisa que ele não esquecia foi quando ajudou um amigo a fazer a mudança de casa. Levaram bujão de gás, cadeiras, mesas desmontadas, caixas de roupas, de quadros. Quanta serventia!

Tomou muita chuva andando de bicicleta. Recebeu lama na cara, fumaça de caminhões, vento nos cabelos. A magrela trazia uma liberdade, um contato selvagem com as coisas da natureza e do homem. Mas sua curiosidade e desejo de mudança o levaram a realizar outra troca: as duas rodas pelo baú.

Aquela caixa forrada tomou seu tempo por algumas semanas. Abria e fechava e ainda tinha coisas pra negociar. Toda peça, mesmo estragada e velha, encontrava seu futuro dono. Cada objeto era adotado por alguém. Nem que fosse o ferro-velho. O moço das catiras movimentava os objetos e as pessoas. E sua cabeça chacoalhava histórias de não parar mais.

— Que tanto aquele rapaz troca?

— Ih! Agora ele tem um bode!

— Olha, a cadela deu cria!

— Que ele vai fazer com aquela cadeira de balanço?

— E aquela banheira de bronze?

— Um relógio cuco!

— Computador?

— Celular velho?

— Botas de plástico.

Eram falas que escutava. Ainda bem que ele usava o jardim, o alpendre, o quintal, o quarto de despejos. Todos os espaços da casa. Um móvel entrava, um tapete saía. Só a casa permanecia com os tijolos, as paredes. As portas se abriam pras trocas. E as janelas se entreabriam pras barganhas.

Entrava e saía de tudo. E as pessoas que iam lá também. Problemas de toda natureza: desemprego, separação, doença, dívida, herança, desentendimentos, drogadição. Algumas não se demoravam nem alongavam a prosa, tinham vergonha de levar um objeto usado ou aos pedaços. Outras levavam peças de herança e queriam sigilo. Assim, ele vivia também os conflitos das pessoas:

Uma caixa registradora de supermercado. Causa: falência.

Um computador ultrapassado. Motivo: sociedade desfeita.

Celular novinho em folha. Motivo: dependência química.

Um aparelho de som. Razão: nascimento de gêmeos.

Uma câmera de filmar. Situação: sem bateria.
Dois ternos semi-novos. Motivo: morte.
Uma bicicleta. Situação: sem rodas.
Um berço. Motivo: o filho cresceu.
Uma coleção de enciclopédias.
Uma mala de viagem.
Uma viola.
Uma cama.
Um véu.
Um cd.
Uma...
...

Troca, troca
Vai, bicicleta, vem, baú
Sai, relógio, entra, livro
Vai, rádio, vem, violão
Sai, lanterna, apaga, então
Troca, troca
Catira, tira, catira

IX - A espera e o suor

Na cratera da seca
Rugas pensativas
Anos de enxada

Do Crato, no Ceará. De lá vieram aquelas caixas, malas, pacotes. Nem retangulares, nem ovais, nem quadradas. Os pertences enrolados às pressas. Panelas, panos, talheres, toalhas, rádio, redes, colchas, copos. Tinham fugido de uma tragédia? As coisas vinham emboladas e enroladas em plásticos e papéis. A bagagem amassada pela viagem. De lá vieram as rugas pensativas da Senhora.

Por que largamos o Norte?
Na altura da vida, vale?
Meu filho vem?
Como vai ser?
E os netos?
Vão me chamar de vó?
E a vida na capital?

Entre rabugenta e triste, exercitava os pensamentos. Ia até o Norte. De volta ao Sudeste. E molhava os veios da pele com a espera. Com a água que faltava na sua terra.

O que menos teve na vida foi o molhado. Agora tinha de sobra, escorrendo pelo rosto, dando brilho ao pescoço e ensopando os braços acotovelados nas caixas. E pingando sobre os pacotes amassados. Eram todos fardos — as bagagens e o casal. Estavam pensativos e exaustos.

Do Norte veio também o suor do Senhor. Anos e anos de enxada. Pá e picareta. De solo trincado e duro. Seco. Reluzia no corpo. Suor que envernizava a pele engraxada de sol, dourada no sertão. Suor que narrava as latas pesadas carregando água barrenta.

Que ia ter de almoço?
O que dar de comer pros filhos?
E de janta?
Onde arrumar uma bica com água?
Que fazer com a suadeira?
Que dizer à mulher?
Para que a mudança toda?
Uma lata d'água...

Era uma espera demorada e molhada. O suor. A cacimba d'água. O filho não chegava. Ia ter um carro pra levar os fardos? Ou um lombo de um burro?

Pensar nos netos era transpor os pensamentos pro futuro. Eram quatro crianças nascidas na capital. Perto d'água, perto da chuva. Sem a desgraça da seca. Nasceram formando uma escada: um de onze anos, uma de sete, outra de três e um de colo. Não conheciam o avô e a avó que chegavam do Norte.

Quem o vô?
A vó é grande?
O vô e a vó vão trazer presentes?
Vão ficar pra sempre?

Nas perguntas dos netos e dos velhos havia a dúvida. O medo do desconhecido. Eram feitas com apreensão. Quem era a vó e o vô? Quem os netos?

Quando se encontraram e se conheceram, vieram outros sentimentos. Foi uma exclamação só! Um abraçamento.

Oh, aqui o vô!
Epa! Vão lá pra casa!
Pra sempre, vó!
Me abraça, meu neto!
Ah...

Enquanto houve o encontro, a surpresa tomou conta deles. O contentamento. Os adultos se reencontraram e as crianças viram aqueles que chegavam.

A meninada se aquietou. Vieram as dúvidas dos velhos. Chegou a época da falta, não de água, mas de certezas. Vieram os vazios, as inquietações. Eles não paravam de se perguntar, bem lá dentro, em segredo, no fundo de si:

E agora?

Na capital, percebiam a espera seca lá do Crato. Aguardavam a chuva. Esperavam o dia chegar e partir. Uma espera sem aglomerado. A mudança. A viagem de ônibus pro Sul. A paisagem da estrada que variava de cor, de luz, de poeira, de gente...

Distantes, ficaram Exu, Bodocó, Juazeiro do Norte, as caatingas, as cantigas, as romarias, as feiras de farinha, as feiras de frutas.

Entre a espera e o suor havia a expectativa de conhecer os netos. Conheceram os quatro, a abundância d'água, as ruas cheias de gente, os engarrafamentos, os camelôs, os bairros de casas, os prédios, as galerias, os subúrbios. As violências sociais da cidade grande. As filas, os sinais de trânsito, os horários marcados, os compromissos.

Conheceram a metrópole. A espera e o suor. E agora?

elê Nogueira

MOSAICO DE ESPELHOS

X - O mar devolve

Retornam à areia
O sonho espumado
A pipa emplumada

Era o avô. Casa na praia. Contas a pagar. Aniversários dos netos adolescentes. Encontro pra jogatina das quartas-feiras. As economias na poupança. Um filho desempregado. Trinta e cinco anos da turma da faculdade... Renovar a assinatura da revista e do jornal. E a internet?

A vida podia ser resumida de muitas maneiras. Em compromissos previsíveis e planejados. Em coisas que se foram, nas que foram esquecidas. Em datas pontuais. Em desculpas, culpas, poucas, carapuças.

Nas coisas que ficaram. Datas importantes. Inesquecíveis. Surpresas.

Tanta coisa ficou pra trás! E pra frente, o que havia? Como ia ser o ano que vem? Seus compromissos não passavam de poucas dezenas de dias. Pra que uma agenda volumosa?

Visitas aos colegas aposentados. Orações, velórios. Leitura dos anúncios de funerais. Consultas e exames médicos em dia.

A caminhada da manhã na areia trazia as coisas imprevistas. Um dia, peixes mortos, a maré vermelha,

falta de oxigenação, excesso de algas, sargaço, a fala das ondas...

Outro dia, uma espuma turva ou esbranquiçada, frascos de refrigerante, plásticos, a enxurrada das chuvas, o barro dos rios, o desabafo do mar.

As miudezas mescladas à areia: tocos de cigarro, tampas de garrafas, pedaços de brinquedos plásticos, restos de objetos de metal e de vidro.

Dia outro, galhos de árvores, folhas mastigadas, a tempestade da noite, o choro do mar.

Dia de água cristalina, mergulhos, embarcações a passeio, abraços das ondas, o sorriso do oceano.

Entre lixo e detritos, peixes e conchas, algas e galhos, a vida passada a limpo.

O mar devolve. Tudo. E a vida, o que devolve? O mar recusa a sujeira. E a vida, o que recusa? O mar dispensa o excesso. E a vida, o que dispensa? O mar engole a coragem da gente. E a vida, o que engole?

Entre memórias e pensamentos, preferia os dias da juventude, a rebeldia, as brigas, as conversas pesadas com a mãe. Os xingamentos do pai. A transgressão. Era um mar revolto. Imprevisível, forte, arrebatador. Corajoso e violento.

— *Você hoje não sai pra jogar na rua!*

A voz do pai era austera e grossa. Definitiva. Ninguém ousava resmungar. Ou argumentar. Nem a mãe.

— *Não venha com os colegas da escola pra casa. Você está de castigo!*

O castigo era o dever. Uma obrigação sem pausa. O homem lembrava-se do mês em que ficou sem brincar na rua. Não esquecia aquela rispidez do pai.

E o dia sem televisão, mas isso não foi com ele. Foi o castigo aplicado ao irmão mais velho. Seriam marcas daquela educação que recebera? Agora ele era pai e avô. Assim, revisitava as lembranças do tempo em que era um menino. Filho, pai, avô... avô, pai, filho.

Na adolescência, ele teimava em arriscar o novo. Em fazer o que não estava combinado. Em ser rebelde. Pura transgressão. O risco de conhecer o diferente.

— *Isso é hora de chegar?*

Também havia os momentos de alegria e de festa. A formatura do colégio que ficava no porta-retrato da sala. Com coquetel e música ao vivo. Depois, veio a faculdade. Os compromissos independentes, controlados à distância pelo pai.

E ainda os jogos e passeios da infância, o futebol. A rua, a escola, o clube, a vizinhança. As reuniões de família e as dezenas de primos.

Era o jovem. As festas da turma, com dança, lanches, bebidas. As disputas. Os campeonatos. Jogar cartas era muito bom! Fazer duplas, trios ou sete de uma vez: buraco, fedor, burro, truco, mal-mal. Gostava de jogar contra as meninas e tocar os cotovelos na hora de passar as cartas. A vergonha e o desejo em conflito.

Mais tarde, os acontecimentos tiveram outros sabores e dores. Vieram os namoros. Flores pras moças. O noivado.

O mar é pura revolução. E a vida, o que é?

Nas suas caminhadas pela areia, com as ondas tocando os pés, seus pensamentos vinham embaralhados. As coisas vividas estavam marcadas por passagens que ganhavam relevo com o tempo: a formatura, o casamento, as bodas, o nascimento dos filhos, o primeiro trabalho, os netos, a aposentadoria, a internação, o dente de leite, o assalto, o sexo. Tudo chegava sem cronologia, sem pedir licença. Pensamentos, sonhos, lembranças, saudades, arrependimentos.

A onda e a areia formavam um livro aberto, em movimento. Uma leitura daquilo que foi engolido pela maré. Uma leitura do que ia ser devolvido hoje mesmo. Leituras que formavam o seu livro de histórias.

Era o avô. Era a vida. Era o jovem. Era o mar.

XI - Uma funeral house

Peroladas gotas
Lágrimas de perfume
Descafeinada vida

Martina acompanhou uma amiga a uma *Funeral House*. Velório do seu primo. A foice soprada de leve. Era tudo beleza naquele palacete sofisticado pra receber os mortos vivos.

O cemitério sobrevivia distante dali. Não se escutava choro. Nem se via o destampar e o fechar do caixão. Nem a cova. E a terra sendo jogada pelos parentes. E o crematório? Também não havia cheiro de cravo defunto. O luto sorria protegido.

As velas derramavam gotas peroladas caídas com a chama artificial. Uma cena barroca revestia as paredes, escadas, inclinações. Um buffet de café, chá, cappuccino, biscoitos caramelados e água de borbulhas estava a postos pra atender às pessoas, servidas por garçons.

Profissionais treinados os recebiam, alguns forneciam a senha do wifi. Outros registravam os nomes e os contatos dos presentes em um tablet. Confirmada a presença, entravam na *'casa de festas'*.

O que fariam com os dados cadastrais? Nada

podia faltar, nenhum nome ficava despercebido. Mais contato de email, celular, Instagram e por aí vai.

Muitas coroas de flores, laços e fitas. Manobristas de uniforme. Eficiência na limpeza dos cômodos do palacete reformado.

Volta e meia o aviso "*Sorria, você está sendo filmado*" aparecia numa parede. E as pessoas acompanhadas de jóias, maquiagem, sapatos de verniz e sedas tinham que sorrir pro lugar decorado. Sorrir de quê e pra quem? Pra uma câmera?

Não se notava tristeza, nem dor. Não se viam pessoas desesperadas com a perda do ente querido. Martina viu a foice limpa e lânguida. A morte na vida.

Havia cerca de cinco cômodos com velórios. Sentia que as pessoas não iam ali pra lembrarem o inevitável da morte, nem em honra ao falecido, nem em solidariedade à família, mas, sim, pelo prazer do espetáculo. De selfies, de tablets, de café sem sabor. Descafeinada, a vida.

Foi acompanhar uma amiga e se sentiu intrusa, não convidada praquele banquete letal. Um defunto enfeitado de luxo, sem transparecer a decadência, o inexplicável, o imponderável. Quase pronto pra seguir pro cemitério de limusine preta. A vida enganada.

XII - O convite de Ossinho

Esculpidos em osso
O conto, a conta
O convite

Ela recebeu um convite em forma de ossinho. Cores fortes, alto-relevo nas letras e uma pintura assemelhada a um osso. Seria de quem? Era um envernizado, com os dizeres gravados em letras legíveis.

Eram 500 convidados pra um buffet requintado, na mansão à beira do Lago Paranoá, com drinks, batidas, vinhos, destilados, chope artesanal, menu degustação e sobremesas delirantes. E mais licores, café gourmet, biscoitos.

Garçons elegantes e garçonetes preparadas pra coreografias. E ainda bartender. E menu de massas e de crepes.

Confetes e serpentinas! Confeitos salpicados na mesa de bem-casados, bolinhos, cakes, brownies e madeleines. Tortinhas de fubá adocicadas com açúcar de coco. Uma decoração com flores e luzes. Muitas luzes pisca-piscas. Abanadores em forma de ossos. Nada visto antes por ali!

Mc Martinho e Banda da Super Quadra foram

contratados pra alegrar a noite que seria esticada até o café da manhã tropical servido nas cascatas da piscina. Surpresas com mágicos e malabaristas.

O aniversariante era Fox, o cãozinho. Oito anos de vida! Criado com todo o amor que há na vida do casal Paty e Boby. Filezinhos, tirinhas generosas das mais tenras carnes. Veterinários, SPAS de cães, massagens, comidas gourmets pra cães, hotelzinho de fim de semana... E passeios à beira do lago. E também vestimentas e acessórios de lã e seda pra todas as estações.

Fox merecia presentes, parabéns, tim tim. Muitas vivas e velas. Tudo que pudesse alegrar aos convivas. E merecia dança! Esqueletos requebraram a noite toda.

Todos levantaram os braços, provaram as delícias e festejaram os aninhos de Fox! Que venham outros tantos convites de ossinhos, Paty e Boby! Afinal, a vida é uma festa de ossos!

Elê Nogueira

POSFÁCIO

"Ah! Os dias podiam tudo e traziam novidades
e levavam velharias"

Sobre *Coisas que viram outras*, de Ninfa Parreiras, há muito o que se dizer. Contos densos, delicados, originais que dizem de cada fase da vida um pouco. A infância, a fase adulta, a velhice, são ali retratadas como para nos lembrar que o transcorrer da vida é sobretudo matéria de impermanência. Entretanto, sugere a autora, é preciso escrever até com cinzas para resistir à passagem do tempo. Sobre o mais surrado tipo de suporte, caro leitor, valeria a impressão. Vejam-se, por exemplo, e munidos com as lentes da delicadeza, os rabiscos dos restos e das miudezas sobre um rústico fogão de lenha.

"A memória é crucial", lemos nos contos de Ninfa. E assim pensava também o historiador Jacques Le Goff em *História e Memória* (2003). Por isso mesmo, em seu clássico estudo sobre a memória, refere-se à Grécia antiga com o intuito de destacar a relevância dessa faculdade para os gregos. Matéria tão importante que a divinizaram, tornando-a uma deusa: Mnemosine, mãe de nove musas que ela deu à luz ao longo de nove noites passadas com Zeus. E foi dessa maneira que, ao longo da história da humanidade, poetas e escritores nos convidaram à atividade da reminiscência como um antídoto do esquecimento. Em *Coisas que viram outras* esse convite não passará despercebido: atualizado nas brincadeiras da infância, percorrido nas viagens de charrete e em muitas outras histórias que sugerem invariavelmente o deslocamento para a dimensão da nossa maior potência adormecida.

Os doze contos aqui reunidos organizam-se em quatro conjuntos: Pedras sobrepostas, Em cena, Nosso tipo e Mosaico de espelhos, que podem ser lidos nessa ordem ou de modo alternado, como o leitor bem o desejar. Importa, sobretudo, o exercício da criatividade de um leitor curioso e afeito à "caça furtiva" da leitura. Nessas páginas, ele encontrará muitas histórias surpreendentes que falam à fantasia e à imaginação.

Como nos lembra a autora, "cada um, no seu miúdo pedaço, é guardião da terra. Escrever é resistir". Mas ler é também resistir: à dor da indiferença, a uma vida desprovida de história e de beleza.

SOBRE AS ILUSTRAÇÕES

Uma vez perguntaram a uma criança que adorava ouvir histórias para que serviam as ilustrações nos livros. Ela, com a sabedoria de seus 5 anos, respondeu: "para alegrar a página; para as letras não ficarem sozinhas". Desconfio que Elenice Lino

Nogueira, Elê, ilustradora de *Coisas que viram outras*, tenha ouvido alguma história semelhante, pois, como ela mesma gosta de dizer, "faz poesia em forma de imagem, levando a linha para passear". Nascida no Rio de Janeiro, artista plástica reconhecida internacionalmente, faz parte do grupo *Notáveis da Compactor,* além de ilustrar e ministrar aulas. As ilustrações em preto e branco em *Coisas que viram outras* são tênues, delicadas e parecem até nos levar a passear para longe, muito longe.

Agora, chegamos à melhor parte. Vamos à leitura?

Marcia Cabral*

*Professora associada da Universidade do Estado do Rio de Janeiro - UERJ. Mestre em Educação pela Pontifícia Universidade Católica do Rio de Janeiro (PUC) e Doutora em Teoria e História Literária pela Universidade Estadual de Campinas (Unicamp). Coordena o grupo de pesquisa "Infância, juventude, leitura, escrita e educação (GRUPEEL).

PARA COORDENADORES, MEDIADORES DE LEITURA E PROFESSORES

Os contos *de Coisas que viram outras* abordam uma série de temas que podem ser discutidos em sala de aula, fazendo um link não só com disciplinas do currículo escolar, como também com várias situações da vida dos jovens e adolescentes. Para ter acesso às sugestões sobre a utilização deste livro, acesse o site da In Media Res Editora, via o link ou o QrCode abaixo:

https://www.inmediares.com.br/coisasque

Bom trabalho!